LA MORT

DU

DUC D'ENGHIEN,

ODE,

Par M. le vicomte Le Prévost d'Iray,

MEMBRE DE L'INSTITUT, CHEVALIER DES ORDRES DE MALTE ET DE LA LÉGION-D'HONNEUR.

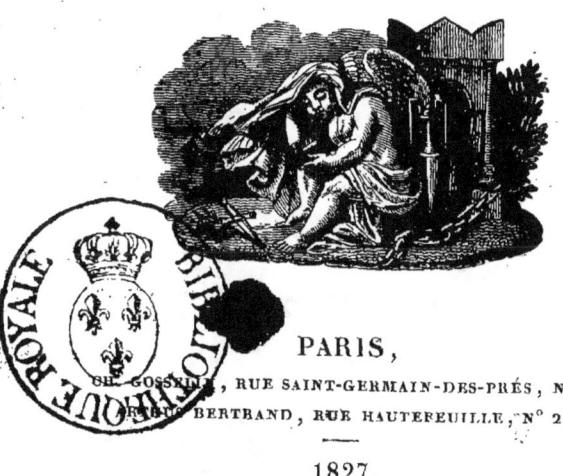

PARIS,

CH. GOSSELIN, RUE SAINT-GERMAIN-DES-PRÉS, N° 9;
ARTHUS BERTRAND, RUE HAUTEFEUILLE, N° 23.

1827.

IMPRIM[illegible] H. FOURNIER,
[illegible], N. 14.

AVERTISSEMENT.

Des circonstances particulières me déterminent à publier cette ode restée inédite dans mon porte-feuille, et que mes amis connaissent depuis long-temps. Je m'estime heureux de pouvoir avouer ce que j'ai dû à la lecture de l'ouvrage si lumineux que M. Dupin a composé sur cet évènement trop mémorable de notre histoire.

LA MORT

DU DUC D'ENGHIEN,

ODE.

Riche du grand nom de ses pères,
Couvert de ses propres lauriers,
D'Enghien coulait des jours prospères
Au sein des plus humbles foyers.
Des cieux, faveur trop passagère !
Ah ! sur une rive étrangère,
De son cœur puisse-t-il bannir,
Près d'une compagne chérie,
Jusqu'au doux nom de sa patrie,
Heureux de n'y plus revenir !

De ce lieu, terre consacrée
A la sainte hospitalité,
Quel crime a donc ouvert l'entrée
Aux fléaux qui l'ont dévasté?
D'un héros ce pieux asile
Qui le vit et libre et tranquille
Déposer le fer d'un soldat,
N'offre plus qu'un champ de ravage
Où d'Enghien, d'un monstre sauvage,
Devient prisonnier sans combat.

France! quel pouvoir tyrannique,
Poursuivant le fils des héros,
A dicté la sentence inique
Qui le livre au fer des bourreaux?
Lève, ô crime, ta tête altière!
A jamais, de la France entière,
De l'univers épouvanté,
Tu recueilleras l'anathème,
Sentence, par ton horreur même,
Vouée à l'immortalité.

DU DUC D'ENGHIEN.

Qui donc, en vain je le demande,
Défendra l'illustre accusé?
En ces murs l'effroi seul commande,
Et des lois le sceptre est brisé.
Oui, Thémis, d'un crêpe voilée,
Aux pieds sa majesté foulée,
Tout dénonce un lâche attentat,
Et sous le nom de la justice,
Du crime elle-même complice,
S'apprête un grand assassinat.

Dans le mystère le plus sombre,
Prince, on s'agite sourdement.
Comme un complot tramé dans l'ombre,
On médite ton jugement.
Où sont les indices du crime?...
Le nom même de la victime
N'est pas encore proclamé:
Et..... sur cette œuvre de ténèbres
Etendant ses voiles funèbres,
Une nuit a tout consommé!

Celui qui proscrit l'innocence
Et trahit le plus saint des droits,
S'est dit : Cimentons ma puissance
Avec le sang même des rois.....
Tu l'as dit !... et dans sa justice,
Des cœurs confondant l'artifice,
Dieu te poursuit du haut des cieux :
Te laissant l'horreur de ton crime,
Ce Dieu, vengeur de ta victime,
Brisera ton sceptre odieux !

Toi, son épouse désolée,
Accours pour arrêter son bras...
A ses pieds, tombe échevelée,
Laisse-toi traîner sur ses pas !...
Sa fureur sauvage est tranquille :
Comme un roc il est immobile.
Des cris ne peuvent l'ébranler.
La soif du sang qui le dévore
Par l'obstacle s'irrite encore,
Et le plus pur sang va couler.

De tout prestige, ô belle France!
Le charme doit s'évanouir.
L'enfer permet-il l'espérance?
Le crime est pressé de jouir!
L'objet de sa secrète envie
Est outragé pendant sa vie,
Dans sa mort même est outragé.
Du fiel la coupe est épuisée!...
Sa fosse profonde est creusée
Avant même qu'il soit jugé.

Loin de toi ces illustres marques
Qui sur ton cœur, jeune guerrier,
Du sang de nos plus grands monarques
Annonçaient un digne héritier.
Je ne vois plus ce noble emblême,
Cet esprit de Dieu... Dieu lui-même,
Qui se reposait sur ton sein.
Au lieu de la sainte colombe
La lampe horrible de la tombe
L'indique seule à l'assassin.

De ton meurtre la trace infame
Se lit encor sur plus d'un front.
Du mensonge la vile trame
Ne saurait en laver l'affront.
Chacun, à ses remords en proie,
De l'un à l'autre le renvoie,
Dans son importune terreur.
Osant renier sa victime,
L'auteur sur l'instrument du crime
Lui-même en rejette l'horreur.

Insultant à la foi publique,
Dans quel gouffre ils l'ont entraîné!
Après ce meurtre juridique,
Ils l'ont encore assassiné.....
Près de sa demeure suprême,
Dans l'asile de la mort même,
Ils s'acharnent contre ses jours.
Réponds-nous, pierre encor sanglante!...
D'une vie à finir trop lente
Est-ce toi qui tranchas le cours?

O fureur ! ô rage insensée !
Au plomb qui déchire son sein,
A la pierre sur lui lancée,
Sa jeunesse résiste en vain.
Contre leur troupe sacrilège
L'ange des jours en vain protège
Les restes sacrés de son corps,
Ils l'ont..... avant que de la vie
L'étincelle lui fût ravie,
Chargé de la terre des morts !

Il n'est plus !... et moi je m'écrie,
Dans mon éternelle douleur :
Ainsi d'une tige chérie
Le fruit périt avec la fleur.
Oui, de cette tige sacrée,
De l'arbre à jamais séparée,
Unique et fragile bouton,
Ce fils des rois, l'orgueil du monde,
D'une race en héros féconde
Sera le dernier rejeton !...

FIN.

34

www.ingramcontent.com/pod-product-compliance
Lightning Source LLC
Chambersburg PA
CBHW061530170626
46811CB00004B/1904
9782019594466